RATUS POCHE

COLLECTION DIRIGÉE PAR JEANINE ET JEAN GUION

Clara et le garçon du cirque

Baptiste et Clara

© Hatier Paris 2004, ISSN 1259 4652, ISBN 2-218 74841-X

Clara
et le garçon du cirque

Une histoire d'Olivier Daniel
illustrée par François Foyard

HATIER

Les personnages de l'histoire

À Sylvie.

1

Ce jour-là, Clara rentrait chez elle après une matinée passée chez son amie Lucie. C'était le début des vacances d'été. Clara n'était pas pressée de retrouver son frère Baptiste, avec qui elle se disputait beaucoup, ces derniers temps. Dire qu'ils devaient partir ensemble chez leur grand-père, en Bretagne, à la fin de la semaine…

Clara soupira bruyamment. Elle s'imaginait mal supporter son frère pendant deux longs mois. L'année prochaine, elle s'arrangerait pour partir avec Lucie, loin de ce gamin de Baptiste.

Elle s'engagea sur la place du marché et s'arrêta pour regarder, sur sa gauche, la vitrine d'un marchand de vêtements. Dans cette boutique, au début du printemps, elle avait acheté une très jolie robe, pour se rendre à l'anniversaire de Julien, le plus beau garçon de sa classe. Elle ferma les yeux et se rappela qu'elle avait dansé avec lui… Lucie en avait été folle de jalousie… Soudain Clara fut bousculée par quelqu'un venant dans son dos. Elle faillit perdre l'équilibre, se rattrapa à un banc et se retourna.

Elle vit un garçon de son âge, aux cheveux bruns. Il portait un tee-shirt bleu et un pantalon de toile noire. Il était chaussé d'espadrilles.

— Excuse-moi, dit-il. Je t'ai fait mal ?

— Un peu, répondit Clara en se massant le bas du dos. Mais ça va aller.

— Je suis toujours dans les nuages, reprit-il. Alors forcément, je rentre dans les gens… Je m'appelle Kévin.

— Et moi, Clara. Tu habites ici ?

— Non. Je vais de ville en ville.

— Ah bon ? Tu n'as pas de maison ?

— Si, mais… ma maison se déplace.

— Alors, tu es un garçon du voyage, fit Clara. Tu as de la chance. Mais comment fais-tu pour le collège ?

— Je suis les cours par correspondance. Je t'expliquerai, si tu veux.

Kévin baissa les yeux. À ses pieds se trouvaient des tubes de peinture et des pinceaux, qui étaient tombés de son sac quand il avait percuté Clara.

— Tu aimes la peinture ? dit-elle.

— Non, je…

Il n'eut pas le loisir de finir sa phrase ; deux policiers surgirent et s'emparèrent de lui. Un homme moustachu les rejoignit. Clara le reconnut aussitôt : c'était le propriétaire du magasin « Arts et Couleurs », situé non loin de là. On y vendait du matériel pour les artistes peintres.

– Tenez-le bien ! cria le moustachu aux policiers. C'est lui ! Il m'a volé cinq pinceaux !

– C'est faux ! répliqua Kévin. J'ai acheté les pinceaux dans la petite quincaillerie, là-bas. Je ne suis pas un voleur ! Je ne suis pas un voleur !

– Du calme, jeune homme ! fit l'un des policiers. Tu nous expliqueras tout ça au commissariat. Après, on verra.

L'autre policier ramassa les pinceaux et les tubes de peinture. Clara, choquée par les événements auxquels elle assistait, sentait battre ses tempes. Pourquoi les policiers n'allaient-ils pas jusqu'à la quincaillerie, pour demander à la femme qui tenait cette boutique si Kévin était venu chez elle ? Le traitait-on si injustement parce qu'il était un garçon du voyage ?

– Je ne suis pas un voleur ! répétait Kévin, désespéré. Je n'ai jamais rien volé de ma vie. Je le jure ! Jamais de ma vie !

Il avait l'air sincère. Mais malgré ses protestations d'innocence, il fut emmené par les policiers vers une voiture grise. L'homme à la moustache les accompagna, en bougonnant contre les vols à répétition dont il était victime. Clara était pétrifiée. Elle croisa le regard de Kévin qui eut un petit sourire triste. Elle y lut un appel à l'aide qui la toucha beaucoup. Elle eut envie de courir vers lui, de l'accompagner, de le défendre. Il semblait si fragile maintenant.

— Attendez ! cria-t-elle enfin.

Mais à cet instant il fut poussé dans la voiture des policiers qui démarra et quitta la place sous les yeux de quelques badauds intrigués. Clara serra les poings et décida de tout faire pour prouver l'innocence de Kévin.

Elle courut vers la quincaillerie et l'atteignit quelques secondes après que le magasin eut fermé pour la mi-journée. Essoufflée et très contrariée, Clara tambourina contre une vitrine, derrière laquelle la quincaillière achevait de ranger des clous dans une boîte. C'était une femme aux larges épaules, peu aimable avec les clients.

— J'ai besoin d'un renseignement ! hurla Clara

à travers la porte fermée. Juste une question à vous poser. Ouvrez-moi ! Je vous en prie !

– Reviens après quinze heures ! brailla la commerçante avant de disparaître dans l'arrière-boutique.

Clara, désemparée, demeura immobile. Elle pensait à Kévin. Bientôt il serait en prison, derrière de gros barreaux… À présent elle se reprochait de ne pas l'avoir défendu. Mais tout s'était passé si vite. Et si Kévin était coupable ? Elle se rappela le regard qu'il lui avait lancé : il était innocent, elle n'avait aucun doute là-dessus.

Clara s'éloigna de la quincaillerie, renversa une poubelle, marmonna de vagues excuses. Elle avait la tête ailleurs : ce drôle de garçon qui habitait dans une maison qui se déplaçait l'intriguait. Avait-il une famille ou quelqu'un pour l'aider ? Elle résolut de rentrer chez elle et de téléphoner à sa mère pour lui demander conseil sur la meilleure façon d'agir afin de secourir Kévin.

Comme elle venait de dépasser la piscine municipale et s'apprêtait à pénétrer dans la longue rue menant à sa maison, elle entendit un bruit bizarre, sur sa gauche. Elle jeta un regard de côté et eut la surprise de voir un lama. Il broutait, attaché à une corde, près des caravanes d'un cirque stationné sur un terrain vague situé derrière la piscine.

C'était la première fois que Clara voyait un lama en chair et en os. Aussi décida-t-elle, pour se changer les idées, d'aller l'examiner de plus près. Elle s'arrêta tout de même à deux mètres de l'animal, en se souvenant qu'il pouvait cracher au visage de ceux qui le dérangeaient.

Au-delà des caravanes, elle aperçut deux remorques-cages. Dans l'une d'elles, il y avait un lion et dans l'autre, une panthère. Clara détourna la tête et croisa, à sa grande surprise, le regard de Kévin, assis derrière la fenêtre d'une caravane. Elle lui fit aussitôt un grand signe de la main, mais il ne répondit pas. Avait-il déjà oublié leur rencontre place du marché ?

– Kévin ! s'écria-t-elle. La police t'a déjà relâché ?

Il ne réagit pas. Elle s'approcha de la caravane, indifférente aux grognements du lion. Tout à coup une fille aux cheveux blonds, d'une quinzaine d'années, se planta devant elle. Clara s'arrêta net. La jeune fille la regardait vraiment méchamment. Et Kévin, dans sa caravane, se montrait impassible.

— On n'aime pas les curieux, commença la jeune fille.

— Je veux simplement parler avec Kévin, bredouilla Clara, impressionnée par une telle agressivité.

— Il n'est pas là ! Disparais avant que je m'énerve !

— Mais…

— Tu es sourde ou quoi ?

Clara regarda une dernière fois en direction de Kévin, toujours immobile et le visage inexpressif.

— Disparais ! répéta la fille blonde, en la poussant de côté.

Les larmes aux yeux, Clara tourna les talons et s'éloigna des caravanes.

De retour chez elle, Clara monta dans sa chambre et s'allongea sur son lit. Elle pensa au comportement étrange de Kévin. Il aurait dû sortir de sa caravane, pour la protéger de la furie blonde. Mais au lieu de cela, il avait fait celui qui ne la connaissait pas. Elle avait eu bien tort

Qui a menacé Clara près de la cage du lion ?

de s'intéresser à lui ! Il ne le méritait pas.

— Clara ? cria Baptiste, qui venait d'entrer dans la maison. As-tu vu le cirque, au bout de la rue ?

Elle ne répondit pas. Elle souhaitait rester seule.

— Clara ? répéta Baptiste.

— Laisse-moi tranquille ! dit-elle.

C'était exactement le genre de consigne qu'il n'avait pas envie de respecter. En un rien de temps il fut dans la chambre de sa sœur, bondissant d'un endroit à l'autre, parlant du lion et de la panthère. Il voulait demander aux gens du cirque l'autorisation de promener les fauves à travers la ville.

— Tu crois qu'ils vont dire oui ? fit-il.

— Bien sûr que non, dit Clara, pressée de se débarrasser de lui.

— Je leur demanderai quand même !

Elle haussa les épaules. Elle n'était pas d'humeur à poursuivre cette conversation. Mais son frère, par malchance, était d'humeur à l'embêter. Il attrapa son tee-shirt préféré et se précipita hors de la chambre. Clara, furieuse, le poursuivit. Ils dévalèrent l'escalier et traversèrent le rez-de-chaussée en courant et en renversant plusieurs chaises.

Dans le jardin, Baptiste se mit à tourner autour d'un massif de fleurs, le tee-shirt volé à sa sœur au bout du bras.

— Tu ne m'attraperas pas ! cria-t-il.

Clara comprit alors que pour récupérer son bien, il lui fallait changer de tactique. Elle retourna soudain dans la maison, monta dans la chambre de son frère et s'empara de la cage en verre contenant son caméléon. Baptiste, intrigué par son comportement, la suivit. Lorsqu'il la rejoignit, il vit qu'elle menaçait de jeter la cage en verre par la fenêtre grande ouverte de sa chambre.

— Ne fais pas ça ! hurla-t-il. Surtout ne fais pas ça !

— Rends-moi mon tee-shirt, alors ! répliqua-t-elle.

Il rendit le tee-shirt, elle remit la cage à sa place. Puis ils firent la paix.

Ils déjeunèrent d'une salade de tomates et de thon que leur mère avait préparée avant de partir à son travail. La dernière bouchée avalée, Baptiste annonça qu'il retournait près des caravanes pour assister au montage du chapiteau et tâcher d'obtenir cette fameuse permission. Il se voyait déjà promener le lion au bout d'une laisse place du marché !

– Ferme la porte derrière toi, lui cria Clara en regagnant sa chambre.

Elle avait promis de la ranger avant son départ en Bretagne. Mais la tâche lui parut immense : ses vêtements jonchaient le sol, ainsi que ses livres et ses CD. Elle en avait bien pour trois heures ! Elle commença par ramasser un premier tee-shirt, le posa sur son lit, et décida de mettre de la musique. Elle avait très envie d'écouter Roxane Provence, sa chanteuse préférée. Seulement comment retrouver le CD de son idole dans un fouillis pareil ? Après cinq minutes de recherche, elle dut renoncer.

Soudain elle entendit une voix, amplifiée par un haut-parleur fixé sur le toit d'une voiture qui passait lentement dans la rue. Elle ouvrit la fenêtre de sa chambre.

« *Le grand cirque Cormier est dans votre ville pour deux représentations exceptionnelles ! Ce soir, à neuf heures précises, derrière la piscine municipale !*

Au programme : clowns, jongleurs, funambule, magicien, voyante ! La célèbre Diana Logan, dans un numéro à vous couper le souffle ! Des animaux

9

exotiques, avec en vedettes le lion Titus et la panthère Belga ! Venez nombreux ! Des surprises vous attendent ce soir, à neuf heures… ».

— Je n'irai pas, bougonna Clara tandis que la voiture s'éloignait. Je ne veux plus jamais revoir Kévin et la grosse blonde.

Cette décision prise, elle rangea sa chambre, en commençant par trier les pantalons devenus trop petits pour elle. Sa mère lui avait demandé de mettre de côté les vêtements qui ne lui allaient plus, dans le but de les donner à une association caritative.

— Il y a tellement de familles dans le besoin, avait dit Mme Loiseau. Nous devons nous montrer solidaires.

— Mais nous ne sommes pas si riches ! avait protesté Baptiste.

Lui n'aimait pas se séparer de ses affaires.

Clara venait à peine de plier trois pantalons que la sonnette du jardin retentit. Elle s'approcha de la fenêtre et vit Lucie, souriante, derrière la grille. Elle descendit vite lui ouvrir, contente d'interrompre son rangement.

— Salut ! lui dit Lucie. J'ai une excellente nouvelle à t'annoncer : mon père est dans sa semaine de bonté et il nous a acheté deux billets de cirque pour ce soir ! Génial, non ?

Clara se rembrunit. Lucie poursuivit :

– Ce sont de très bonnes places, au premier rang. Romain sera là aussi !

Romain était le premier de leur classe. Il savait toujours tout sur tout : un vrai dictionnaire. D'ailleurs on l'avait surnommé « le Dico ».

– Je lui ai donné rendez-vous devant chez toi à huit heures et demie, ajouta Lucie.

– Formidable, fit Clara.

Elle venait de trouver comment elle s'y prendrait pour ne pas aller au cirque sans devoir raconter, à qui que ce soit, sa rencontre avec Kévin et avec la terrible jeune fille blonde.

2

— J'ai mal à la tête, dit Clara. Je crains de ne pas pouvoir aller au cirque avec Lucie…

— Ne t'inquiète pas, ma chérie, lui dit sa mère : je vais te donner un cachet et dans cinq minutes, tu n'auras plus mal.

— Mais j'ai vraiment mal…

— Ne t'inquiète pas, répéta Mme Loiseau en se dirigeant vers l'armoire murale dans laquelle elle rangeait les médicaments.

Clara bougonna : le plan qu'elle avait mis au point pour ne pas sortir ce soir-là ne marchait pas. Elle aurait dû y réfléchir un peu plus sérieusement. D'autant qu'il était désormais trop tard pour trouver un plan de rechange. Lucie et Romain l'attendaient dans la rue et l'avaient déjà appelée trois fois. Baptiste, quant à lui, était parti au cirque depuis longtemps, par peur de manquer le début du spectacle. Il avait passé la fin de l'après-midi à se vanter d'avoir caressé la crinière du lion.

Clara avala, à contrecœur, le cachet que sa mère lui tendit. Puis ses parents l'accompagnèrent jusqu'au seuil du jardin et lui souhaitèrent une bonne soirée. Lucie la prit aussitôt par la main et l'entraîna vers le cirque au pas de course. Romain courut devant elles : il n'avait pas encore de billet.

Ils arrivèrent bientôt en vue d'un grand chapiteau rouge, éclairé par des projecteurs. L'édifice de toile était surmonté de drapeaux sous lesquels figuraient ces mots : « CIRQUE CORMIER ». Des haut-parleurs diffusaient une musique assourdissante. Une foule assez dense se pressait devant un guichet entouré de lampions multicolores. Non loin de là se tenait le lama, recouvert d'une cape dorée. Un singe, juché sur son dos, paraissait vouloir serrer les mains des personnes qui passaient près de lui. Il attrapa l'épaule d'un petit garçon qui poussa un cri de terreur et éclata en sanglots.

Clara cherchait Kévin des yeux, tout en espérant ne pas le voir. Car alors elle ferait celle qui ne le connaissait pas, pour lui rendre la monnaie de sa pièce. Et si par malheur elle se retrouvait face à face avec la fille blonde qui

14

l'avait violemment repoussée ?

— Par ici, dit Lucie.

Elles laissèrent Romain se frayer un chemin vers le guichet, montrèrent leurs billets à un homme et s'engagèrent dans le couloir conduisant aux gradins. Il y régnait une forte odeur de fauve. Le long du couloir étaient accrochées des photographies. On y voyait les artistes du cirque en pleine action.

— J'ai hâte que le spectacle commence ! cria Lucie, surexcitée.

Clara s'arrêta net : devant elle, au bout du couloir, Kévin contrôlait les billets. Dès qu'il la vit, son visage s'éclaira d'un sourire. Elle voulut rebrousser chemin. Mais Lucie la poussa dans le dos avec une telle vigueur qu'elle fut propulsée en avant et trébucha. Par chance Kévin la rattrapa. Elle le fusilla du regard et essaya de s'éloigner de lui. Mais il parvint à la retenir. Elle sentit tout à coup qu'il glissait quelque chose dans le creux de sa main droite. Elle se dégagea d'un geste brusque et courut rejoindre son amie, près des gradins.

Elles prirent rapidement leurs places, en bordure de la piste ; des places situées en face de deux grands rideaux de velours rouge qui ne cessaient pas de remuer. Lucie aussi remuait, en proie à une vive agitation. Clara, elle, ne bougeait pas : elle venait de découvrir un morceau de papier plié en deux, dans le creux de sa main. Elle le déplia discrètement et lut : « Clara, j'ai besoin d'aide. Rejoins-moi à l'entracte, près de la cage du lion. Kévin. ».

– Qu'est-ce que c'est ? lui demanda Lucie, en se penchant vers elle.

– Une feuille que j'ai trouvée par terre, répondit Clara.

Le cirque continuait à se remplir et il régnait, sous le chapiteau, un brouhaha étourdissant.

Le silence s'imposa quelques instants plus tard, quand un homme aux larges épaules, vêtu d'un costume blanc, pénétra sur la piste. C'était Edmond Cormier, le propriétaire du cirque : il parla de son bonheur de se trouver dans cette ville, où sa femme – la célèbre et superbe Diana Logan – était née.

Clara l'écouta d'une oreille distraite. Elle pensait au message de Kévin : « J'ai besoin d'aide... ». Elle revit son sourire quand il l'avait vue dans le couloir... Drôle de garçon ! Avait-il

Qui va monter le long de l'échelle de corde ?

l'habitude de ne reconnaître les gens qu'une fois sur deux ? Si tel était le cas, à l'entracte, il ne la reconnaîtrait pas… Peut-être souffrait-il d'une maladie très rare qui lui rongeait peu à peu le cerveau ? Clara grimaça. Lucie venait de lui donner un coup de coude et lui fit signe de regarder en l'air. Elle leva les yeux et vit Kévin, dans un justaucorps bleu et jaune : il était en train de gravir les degrés d'une échelle de corde et se dirigeait vers un trapèze suspendu à quinze mètres au-dessus de la piste. Un projecteur l'éclaira et suivit chacun de ses mouvements, laissant le reste du cirque dans l'obscurité.

Kévin s'assit sur le trapèze et commença à se balancer. Puis il exécuta différentes figures avec grâce et aisance. Il paraissait aussi léger que l'air et aussi souple qu'un roseau. Une musique douce accompagnait ses mouvements.

Tout à coup, la musique fit place à un roulement de tambour. Clara comprit que Kévin allait tenter quelque chose de très périlleux. Il se suspendit, à bout de bras, à la barre de son trapèze et se balança de plus en plus fort, au point de toucher le sommet de la bâche du chapiteau. Les spectateurs retinrent leur souffle.

Clara, gagnée par l'inquiétude, se mordilla les lèvres. Elle se demandait maintenant ce que Kévin allait faire : sauter dans le vide, tel un oiseau ? C'est ce qu'il fit à la stupeur générale. Le projecteur le suivit, jusqu'à ce qu'il s'agrippe à un second trapèze, resté dans l'ombre depuis le début de son numéro. Clara était subjuguée. Kévin salua le public qui l'acclama. Clara l'applaudit à tout rompre et eut l'impression qu'il ne regardait qu'elle.

L'artiste fit encore quelques pirouettes aériennes, puis il regagna le sol en se laissant glisser le long d'une corde. Une nouvelle fois Clara eut le sentiment qu'il la regardait. Mais peut-être se trompait-elle…

– C'était bien, murmura Lucie. En plus, je le trouve assez mignon.

Clara sourit. Elle venait de prendre la décision de rejoindre Kévin, pendant l'entracte, près de la cage du lion.

Un magicien succéda au jeune garçon, puis ce fut le tour d'un clown, d'une voyante, de trois jongleurs et d'une dresseuse de caniches. Juste avant l'entracte, Edmond Cormier annonça l'arrivée sur la piste de la célèbre Diana Logan et de sa fille Audrey, pour un numéro exceptionnel. Les rideaux de velours rouge s'écartèrent : une femme d'une quarantaine d'années apparut, déguisée en cow-boy. Elle était accompagnée par une jeune fille vêtue en Indienne, que Clara reconnut tout de suite : il s'agissait de la jeune fille blonde qui l'avait vivement repoussée, plus tôt dans la journée.

Diana Logan et Audrey avaient mis au point un numéro dangereux. La mère était une spécialiste du lancer de couteaux, la fille était une experte en tir à l'arc.

Elles exercèrent d'abord leur talent sur différentes cibles, puis vint le clou de leur numéro : la jeune fille blonde posa son arc et ses flèches et alla s'adosser à un panneau, sur lequel étaient accrochés trois ballons. L'un des ballons reposa sur sa tête, les deux autres sur ses épaules. Armée de trois couteaux aux lames étincelantes, sa mère se planta à quelque deux mètres du panneau. Elle se concentra un long moment, en respirant profondément. Un grand silence se fit dans le cirque. Audrey, elle, demeura impassible, malgré le risque qu'elle courait : il suffisait d'un rien pour que l'une des lames se plante dans sa chair… Soudain les muscles de Diana Logan se raidirent et elle lança ses trois couteaux dans les ballons, qui explosèrent. Audrey sourit et s'éloigna du panneau. Un énorme soupir de soulagement parcourut l'assistance. Lucie se leva pour applaudir, avant de se tourner de côté pour parler à Romain qui avait retrouvé ses amies. Clara choisit ce moment pour sortir de l'enceinte du cirque et rejoindre Kévin, près de la cage du lion.

Elle l'aperçut de loin, assis derrière la fenêtre de sa caravane, à croire qu'il n'avait pas bougé de la journée. Elle s'approcha de lui. Titus se dressa sur ses pattes et se mit à grogner, agité à l'approche de son numéro. La panthère commença à tourner dans son enclos avec nervosité. Clara fit signe à Kévin de la rejoindre. Il ne réagit pas. Elle pensa qu'il ne la voyait pas, courut vers lui et agita les bras pour attirer son attention. Le lion poussa un rugissement puissant. Clara, terrorisée, s'arrêta net. Elle réalisa que Kévin la voyait parfaitement. Mais il se contenta de la regarder, puis il détourna les yeux. À quel jeu jouait-il ? Elle n'avait plus envie de jouer.

— Tu te moques de moi ? s'écria-t-elle, en proie à une brusque colère. Tu m'appelles à l'aide et…

Elle se tut. Quelqu'un marchait derrière elle. Était-ce Audrey Logan, armée de son arc d'Indienne, qui venait pour lui lancer une flèche dans le dos ? Clara se retourna et vit Kévin, vêtu de son justaucorps bleu et jaune de trapéziste. Elle crut qu'elle avait perdu la raison : Kévin était, en même temps, dans la caravane et devant elle.

3

– Merci d'être venue, dit-il.

Elle le regarda, abasourdie, puis elle se tourna vers la caravane dans laquelle l'autre garçon, semblable en tous points à celui qui lui faisait face, se grattait la tête. Les gens du cirque l'avaient-ils ensorcelée ?

– Là-bas c'est Baudouin, reprit Kévin, mon frère jumeau. Il est paralysé. Mais ne restons pas ici. Mon père va venir chercher les fauves.

Il prit Clara par la main et l'entraîna derrière un camion rouge. Un frère jumeau… Pourquoi n'y avait-elle pas pensé plus tôt ?

– Écoute, reprit Kévin : elle a volé les peintures et les toiles de Baudouin. Elle le déteste. Il est très malheureux. Veux-tu m'aider ?

– T'aider à quoi ? fit Clara. Je ne comprends pas un traître mot de ce que tu me racontes. Qui a volé les toiles de ton frère ?

– Audrey. La fille de ma belle-mère.

– Celle qui tire des flèches ?

— Oui. Elle veut que Baudouin parte. Elle reproche à sa mère de trop s'occuper de lui. Elle est jalouse.

— Qui est ton père ?

— Le patron du cirque.

— Et ta vraie mère ? demanda Clara. Où est-elle ?

Le visage de Kévin s'assombrit. À cet instant, la voix d'Edmond Cormier retentit, semblable à un coup de tonnerre :

— Kévin ! J'ai besoin de toi !

— J'arrive, papa !

Vite, ils promirent de se retrouver après le spectacle, derrière le camion rouge et le jeune trapéziste s'éloigna en courant. Clara le regarda partir, puis rejoignit Lucie et Romain à l'intérieur du cirque. Sur la piste il y avait maintenant une grande cage, installée pendant l'entracte, en vue de l'arrivée des fauves.

— Où étais-tu passée ? demanda Lucie à son amie.

— J'avais besoin de prendre l'air, dit Clara.

Un fouet claqua. Edmond Cormier avait pris place au centre de la cage. Il se tenait, le torse bombé, face à un tunnel par où arrivèrent, peu après, le lion Titus et la panthère Belga.

Clara ne prêta pas la moindre attention aux fauves. Elle pensa et repensa à ce que lui avait raconté Kévin. Elle revit l'expression de son visage, à l'évocation de sa mère. Cette dernière avait-elle quitté sa famille ?

– J'ai l'impression que le lion n'arrête pas de te regarder, murmura Romain à l'oreille de Clara.

– Qu'est-ce que tu dis ? fit-elle en sursautant.

– Le lion n'arrête pas de te regarder avec un drôle d'air, répéta-t-il. On dirait qu'il te connaît.

Elle haussa les épaules et voulut reprendre le cours de ses pensées. Mais le roi des animaux profita que son dresseur lui tournait le dos pour bondir en direction de Clara. Un coup de fouet le fit revenir à sa place, mais il recommença un instant plus tard, cette fois en rugissant. Un frisson parcourut le public.

– Tu vois, il te connaît, dit Romain, pas très rassuré.

Clara était devenue très pâle. Elle se dit qu'elle n'aurait pas dû sauter et faire de grands gestes à quelques mètres de la cage des fauves. Le lion ne devait pas aimer ça…

Edmond Cormier usa de son fouet et ramena l'animal à la raison. Quand le numéro fut terminé, les fauves quittèrent la piste et l'on s'empressa de démonter la cage pendant que les clowns s'efforçaient de détendre l'atmosphère.

Le directeur du cirque tint à s'excuser pour le comportement de Titus et vint en personne vers Clara et les gens assis près d'elle.

— Je suis désolé, dit-il. Titus était énervé ce soir. Je ne sais pas ce qu'il avait. Peut-être la pleine lune…

Pour leur faire oublier leur frayeur, il leur offrit des places gratuites pour la représentation du lendemain. Lucie, Clara et Romain le remercièrent chaleureusement, et ils s'amusèrent bientôt aux pitreries des clowns.

Tout à coup Clara leva la tête et vit Kévin remonter le long de l'échelle de corde pour marcher sur un fil tendu au-dessus de la piste. Elle eut à nouveau très peur pour lui. Elle repensa à la mère de Kévin qui ne l'aurait sans doute pas laissé prendre des risques pareils si elle avait été là. Mais l'aisance du jeune funambule finit par dissiper ses craintes, et elle rêva qu'elle marchait avec lui dans les airs.

21

Le spectacle s'acheva par une grande parade. Tous les artistes défilèrent pour saluer le public. Le lama occupait la tête du cortège, avec le petit singe sur son dos. Des haut-parleurs diffusaient une musique de fanfare. Debout sur les gradins, des enfants lançaient des serpentins.

Après avoir effectué deux tours de piste, Kévin disparut derrière les rideaux de velours. Clara se leva pour le rejoindre à l'extérieur du cirque. Lucie et Romain lui emboîtèrent le pas, sans qu'elle s'en rende compte.

Elle retrouva Kévin derrière le camion rouge. Il paraissait nerveux.

– Je n'ai pas beaucoup de temps, commença-t-il. Il faut que j'aille ranger le matériel.

– Je comprends, murmura Clara. Mais tu dois m'en dire plus si tu veux que je t'aide. D'abord je veux savoir, pour ta mère…

Kévin poussa un gros soupir, se passa une main dans les cheveux et regarda un bref instant au loin. Puis il fixa Clara.

– Je t'écoute, reprit-elle.

Il soupira encore et se mit à parler très vite : sa mère était la reine des écuyères, connue dans le monde entier pour son talent et sa grâce.

Juchée sur son cheval blanc, elle effectuait des sauts extraordinaires, sans jamais cesser de sourire. Rien ne l'arrêtait. Elle était même capable de se suspendre au ventre de son cheval pendant qu'il galopait. Un jour, elle avait fait une mauvaise chute… Elle était morte sur le coup.

La gorge de Kévin se noua. Il poursuivit :

— Mon père était fou de chagrin. Il a arrêté le cirque jusqu'à ce qu'il rencontre Diana Logan. Alors il a repris goût à la vie. Mais la vie est devenue un enfer pour mon frère. Audrey le hait.

— Qu'est-il arrivé à Baudouin ? demanda Clara.

— Il était comme moi, répondit Kévin : il ne regardait jamais où il mettait les pieds. Un soir, il a traversé une rue sans faire attention et une voiture l'a renversé. Depuis, il ne peut plus bouger ses jambes. Au début, il était très malheureux. Mais grâce à la peinture, il se sent beaucoup mieux. C'est moi qui lui achète les toiles, les tubes de couleurs et les pinceaux dont il a besoin. Le drame, c'est qu'Audrey passe son temps à tout lui voler. Il faut absolument que je retrouve les toiles de Baudouin. J'ai déjà fouillé toutes les caravanes. Elles n'y sont pas.

— Je vais t'aider, lui promit Clara.

*Où Clara, Romain, Lucie et Kévin
se donnent-ils rendez-vous ?*

– Nous allons t'aider aussi, dirent Lucie et Romain, en sortant de derrière le camion rouge où ils étaient restés cachés.

Ils avaient tout entendu. Clara présenta rapidement ses amis au jeune funambule. À cet instant, Edmond Cormier cria de sa voix puissante :

– Kévin ! J'ai besoin de toi !

Tous se donnèrent rendez-vous le lendemain matin, à dix heures, devant la piscine municipale.

– À demain ! lança Kévin en disparaissant entre les camions et les caravanes du cirque.

– Il a un très joli sourire, murmura Lucie, les yeux dans le vague.

Irritée par cette remarque, Clara haussa les épaules et rentra chez elle.

En chemin elle vit son frère sauter de joie. Baptiste avait obtenu l'autorisation de promener le petit singe au bout d'une laisse, sur la place du marché.

– J'ai rendez-vous demain matin avec le directeur du cirque, ajouta-t-il avec fierté. Tu te rends compte, Clara ?

Elle ne répondit même pas. Elle ne songeait qu'à la tâche qui l'attendait. Audrey semblait n'avoir peur de rien et devait être une adversaire redoutable. Même avec l'aide de Lucie et de Romain, la partie s'annonçait difficile.

Le lendemain était un samedi. M. et Mme Loiseau se préparèrent pour passer la journée chez des amis, à cinquante kilomètres de là. Ils ne reviendraient que tard dans la soirée.

— Vous trouverez de quoi manger dans le réfrigérateur, dit Mme Loiseau à Baptiste et à Clara. Surtout fermez bien la maison quand vous partez. Et prenez chacun vos clés.

— Je veux que vous soyez dans vos lits à onze heures, dernier délai, dit M. Loiseau, avec la grosse voix qu'il prenait parfois. En cas de problèmes, n'hésitez pas à me joindre sur mon portable.

— Encore un mot, ajouta Mme Loiseau en se tournant vers sa fille : j'espère que quand nous rentrerons, ta chambre sera rangée. Sinon, gare à toi…

Une fois M. et Mme Loiseau partis, Baptiste se précipita vers son rendez-vous. Clara enfila une veste rouge et s'en alla à son tour. Elle avait dix minutes de retard et cela l'angoissait. Elle craignait que Lucie prenne la tête des opérations. Son amie voulait toujours jouer les premiers rôles.

Arrivée devant la piscine municipale, Clara ne vit que Romain et en fut très étonnée.

— Où sont Kévin et Lucie ? demanda-t-elle en reprenant son souffle.

— Ils ont suivi Audrey, répondit le Dico. Moi je suis resté là pour te prévenir. Ils ont pris ce chemin.

Romain montrait du doigt la rue qui conduisait au centre-ville.

— Vite ! fit Clara. Rejoignons-les !

Elle recommença à courir.

— Attends-moi ! cria Romain.

Elle se retourna et vit qu'elle l'avait déjà distancé. Elle s'arrêta pour l'attendre, en se jurant de ne plus jamais faire équipe avec un garçon aussi nul en sport. Ah, si Julien n'était pas parti en vacances ! Lui courait aussi vite qu'un lièvre.

Quand Romain fut à sa hauteur, Clara reprit sa course vers le centre-ville. Place du marché, elle vit Kévin, caché derrière une voiture en stationnement, dans la rue commerçante menant à la mairie. Elle s'engagea dans cette voie, sans se soucier de savoir si le Dico la suivait.

Arrivée près de Kévin, elle se cacha à son tour et aperçut Lucie, tapie derrière un panneau publicitaire.

– Que se passe-t-il ? chuchota Clara.

Kévin tendit la main vers le magasin de farces et attrapes situé sur le trottoir d'en face.

– Audrey est entrée dans cette boutique, murmura-t-il. Elle appartient à son oncle. C'est là qu'elle a dû cacher les toiles de Baudouin.

Clara frissonna. M. Miolet, le propriétaire du magasin de farces et attrapes, était un homme bizarre qui l'avait effrayée lorsqu'elle était enfant. On l'avait surnommé « Tête d'obus », parce qu'il n'avait plus de cheveux sur le crâne.

– Je suis là ! brailla soudain Romain, heureux d'avoir enfin rejoint ses amis.

– Cache-toi ! lui dit Lucie.

Il obéit tandis qu'Audrey, au même moment, sortait de la boutique de son oncle. La championne de tir à l'arc se dirigea d'un pas assuré vers la place du marché.

Quand elle disparut à l'angle de la rue, Kévin,

Clara, Lucie et Romain échangèrent un regard. Tous les quatre savaient qu'il leur fallait maintenant franchir le seuil du magasin de farces et attrapes pour récupérer les tableaux de Baudouin. Mais la perspective de se retrouver face à face avec M. Miolet les effrayait.

– Il faut que je vous raconte quelque chose, dit Romain.

– Allons dans le jardin de la mairie, proposa Lucie. Nous y serons plus tranquilles pour parler.

Ils allèrent au bout de la rue, entrèrent dans un petit parc et s'assirent sur des bancs.

– Je n'ai pas très envie de rendre visite à Tête d'obus, commença Romain. La dernière fois que je l'ai vu, il m'a aspergé de gaz hilarant. C'était terrible, parce que ce jour-là je devais accompagner ma grand-mère à l'enterrement d'une de ses amies. Pendant toute la cérémonie, j'ai dû me mordre la langue pour ne pas rire…

– Moi non plus je n'ai pas envie de voir Tête d'obus, renchérit Lucie. Le jour du baptême de mon petit frère, il a glissé des boules puantes dans les poches de mon beau manteau blanc tout neuf. Dès qu'on est entrés dans l'église, j'ai senti l'œuf pourri. J'ai dû partir pour aller me

23

laver. Tout le monde se bouchait le nez sur mon passage…

Clara garda le silence. Pourtant, elle aussi avait été la victime des plaisanteries méchantes de M. Miolet : à l'âge de sept ans, elle l'avait croisé place du marché. Il lui avait tendu la main, elle l'avait attrapée machinalement… et la main de Tête d'obus s'était détachée de son corps. Clara avait hurlé de peur et s'était enfuie en courant, abandonnant la main du marchand de farces et attrapes sur le trottoir. De retour chez elle, ses parents lui avaient expliqué qu'elle avait serré une fausse main en plastique. Mais pendant longtemps, Clara avait fait des cauchemars. Et ce n'était pas tout, Tête d'obus avait aussi joué un très vilain tour à son frère... Un jour, le marchand de farces et attrapes avait fait croire à Baptiste qu'il pouvait voler comme un oiseau. Pour cela, son frère devait lui acheter deux petites ailes en toile. Sans rien dire à personne, Baptiste avait économisé pour s'offrir les petites ailes. Il les avait accrochées sous ses bras et il était monté sur le mur du jardin. Par chance, sa mère l'avait vu et l'avait empêché de sauter. Ensuite, elle était allée voir M. Miolet pour le disputer et il avait eu des ennuis...

Kévin rompit le silence pesant qui s'était installé :

– Je vais y aller seul, déclara-t-il en se levant.

– Je vais avec toi, dit Clara, malgré sa crainte de revoir Tête d'obus.

Elle avait tout à coup envie de se surpasser, pour Kévin, pour Baudouin et pour se prouver à elle-même qu'elle était capable de vaincre ses peurs. 24

4

Ils étaient entrés dans le magasin de farces et attrapes depuis deux minutes et M. Miolet ne s'était toujours pas manifesté.

– Il y a quelqu'un ? demanda Kévin.

Clara, peu rassurée, était sur ses gardes. Elle se tenait près d'une étagère remplie de coussins péteurs et se demandait quel tour le maître des lieux leur réservait. Il pouvait surgir d'un coffre sur lequel figurait l'inscription « N'ouvrez pas. Mauvaises odeurs à l'intérieur », ou d'une armoire contenant soi-disant des poisons violents, ou encore de derrière une porte baptisée « la porte des songes ».

– Il y a quelqu'un ? répéta Kévin, aux aguets.

Des pas se firent entendre, en provenance du fond de la boutique. Clara se rapprocha de son ami et ils virent bientôt Tête d'obus qui finissait de gravir les marches d'un escalier en colimaçon. Il portait une blouse verte souillée de taches de peinture.

– J'étais dans mon atelier, fit-il. Que puis-je pour vous ?

– Bonjour, monsieur, dit Kévin. Nous voulons acheter des farces et attrapes.

M. Miolet tapota sur son crâne chauve. Puis il attrapa un verre rempli de jus de fruit et en lança le contenu vers le sol. Le jus de fruit demeura dans le verre, enfermé dans une gaine en plastique.

– Vous n'avez rien de plus original ? reprit Kévin.

Tête d'obus réfléchit, attrapa un flacon, l'ouvrit et aspergea de parfum la veste rouge de Clara.

– Ça ne sent rien, dit-elle.

– Ah bon ? s'étonna M. Miolet. Pourtant je l'ai fabriqué moi-même, à partir d'un mélange de plantes venant de la brousse africaine. Ce parfum s'appelle « fleur de brousse sauvage » et réveille notre côté animal…

– Vous avez autre chose ? fit Kévin.

Tête d'obus reposa le flacon et saisit un petit sachet blanc orné de l'inscription « sucre en poudre ».

– En réalité ce sachet contient un gentil petit

somnifère de mon invention, dit l'oncle d'Audrey. Idéal pour se débarrasser d'un professeur. Vous mettez ça discrètement dans son café et hop… Vive l'école buissonnière !

— Qu'avez-vous encore ? demanda Clara.

— J'ai des mouchoirs garnis d'asticots, des araignées en plastique, des fausses crottes de chien, des pustules pour se coller sur le visage et un stylo dégonflable de mon invention. Il suffit d'enlever le capuchon : cinq secondes plus tard, le stylo devient tout mou et on ne peut plus écrire avec.

Pendant ce temps, Kévin se promenait dans la boutique. Clara comprit bien vite le but de sa manœuvre : son ami cherchait où se trouvaient les toiles de son frère. Comme il s'approchait de l'escalier en colimaçon, il provoqua une soudaine colère de Tête d'obus.

— Ne va pas dans mon atelier ! s'écria M. Miolet. C'est un endroit secret, que personne ne peut visiter ! Maintenant, dites-moi ce que vous voulez ou allez-vous-en.

Kévin s'éloigna de l'escalier. Pour détendre l'atmosphère, Clara attrapa un sachet de faux sucre en poudre.

— Je l'achète ! annonça-t-elle. Et j'achète aussi ça.

Elle venait de poser la main sur le stylo dégonflable.

M. Miolet bougonna et disparut derrière une caisse enregistreuse. Clara régla ses achats et les rangea dans les poches de son pantalon.

— Au revoir, monsieur, dit Kévin.

Tête d'obus bougonna à nouveau.

Quelques instants plus tard, Kévin et Clara retrouvèrent Romain et Lucie dans le jardin de la mairie. Ils leur racontèrent ce qui s'était passé dans le magasin de farces et attrapes.

— Au fait, demanda Clara à Kévin : pourquoi as-tu voulu t'approcher de l'escalier de Tête d'obus ?

— Pour voir sa réaction, répondit-il. Comme il s'est mis en colère, je suis pratiquement sûr que les toiles de Baudouin sont au sous-sol, dans son atelier.

— Bien joué ! lui dit Lucie. Tu es très fort.

Kévin rougit.

— J'aimerais savoir de quelle façon nous allons nous y prendre pour récupérer les tableaux volés, soupira Romain.

Qu'achète Clara dans le magasin de farces et attrapes ?

– J'ai une idée, dit tout à coup Clara.

Ses amis la regardèrent avec des yeux ronds.

Place du marché, Baptiste était assis sur un banc, le singe sur ses genoux. Des gens parlaient avec lui, étonnés de le voir en pareille compagnie. Il leur expliqua qu'il avait été engagé par le cirque pour la journée, afin de promener les animaux en ville. Car il savait s'y prendre avec les bêtes, y compris avec les bêtes dangereuses. Pour s'approcher de son frère, Clara dut se frayer un passage parmi les badauds, en jouant des coudes.

– J'ai besoin du singe, dit-elle à Baptiste, une fois qu'elle fut devant lui.

Il refusa tout net de se séparer de son protégé. D'ailleurs Edmond Cormier lui avait confié l'animal et il devait le lui ramener dans une demi-heure.

– Nous avons un besoin urgent du singe, dit Kévin qui jusque-là s'était tenu à l'écart.

Baptiste le reconnut aussitôt et fut surpris de voir sa sœur avec l'un des artistes du cirque.

– Comment se fait-il que vous vous connaissiez ? demanda-t-il.

— Je t'expliquerai, répondit Clara. Mais je t'en supplie, passe-nous le singe.

— Nous te le rendrons dans cinq minutes, promit Kévin. C'est très important. Sois gentil.

Baptiste tendit à contrecœur la laisse de l'animal. Kévin s'en saisit, fit signe aux gens de s'écarter et s'éloigna d'un bon pas de la place du marché. Clara le suivit, l'air soucieux. À présent elle se demandait si son idée était vraiment bonne.

Ils rejoignirent Romain et Lucie dans le jardin de la mairie. Ensuite, tous les quatre et le singe se retrouvèrent accroupis derrière une camionnette stationnée devant la boutique de Tête d'obus. L'animal ne tenait pas en place et Kévin dut lui donner une petite tape pour le calmer. Clara aussi était nerveuse : si le plan qu'elle avait imaginé échouait, ils n'auraient pratiquement plus aucune chance de récupérer les tableaux de Baudouin. C'est pourquoi elle croisa les doigts pendant que Kévin ôtait la laisse de la bête.

Lorsque le singe fit irruption dans le magasin de M. Miolet, ce dernier poussa un grand cri. Une course poursuite s'engagea, au cours de laquelle l'oncle d'Audrey s'empara d'un bout de bois pour tenter de chasser l'intrus. Mais le singe, grâce à des bonds acrobatiques, parvint à éviter les coups qui lui étaient destinés. Kévin, Clara, Romain et Lucie observaient la scène de derrière la camionnette, à travers la vitrine de la boutique. À un moment, la bête s'empara d'un stock de coussins péteurs, ce qui rendit Tête d'obus furieux. Pour finir, l'animal gagna la rue avec son butin, poursuivi par M. Miolet.

— À toi de jouer maintenant, dit Kévin à Clara. Les toiles de mon frère sont dans un sac de tissu vert. Moi je m'occupe du singe. On se retrouve près du cirque.

Clara fonça vers le magasin de farces et attrapes, le traversa en courant et s'engagea dans l'escalier en colimaçon. Arrivée dans l'atelier, elle n'eut par chance qu'un geste à faire pour prendre le sac de tissu vert.

Mais comme elle s'apprêtait à rebrousser chemin, un chien surgit de sous une table et se planta au pied de l'escalier. C'était un molosse aux crocs acérés. Clara s'arrêta net et recula d'un pas. Le chien poussa un grognement, et un filet de bave coula le long de ses babines. Clara, terrorisée, sentit la sueur inonder son front. Le molosse marcha vers elle. Elle recula en catastrophe, lâcha le sac de tissu, trébucha contre une étagère, d'où tomba une boîte remplie de poudre à éternuer. Le chien, rendu furieux par ce remue-ménage, était sur le point de mordre Clara. Elle vit sa gueule s'ouvrir, crut sa dernière heure arrivée. Elle ferma les yeux et se protégea le visage. Puis elle sentit des picotements dans le fond de son nez et éternua violemment. Le chien en fit autant, à plusieurs reprises. Il alla se frotter le museau contre un mur. La poudre à éternuer n'avait pas l'air de lui réussir. Clara en profita pour ramasser le sac de tissu, courir vers l'escalier et sortir de la boutique.

De retour dans la rue, elle montra sa prise à ses amis.

– Bravo ! lui dit Romain. Ton plan a marché !

Lucie serra les dents. Elle aurait tellement aimé être à la place de Clara et brandir les précieuses toiles, comme un trophée. Alors Kévin l'aurait félicitée et l'aurait sans doute embrassée… Mais au lieu de cela, c'était Clara qu'il embrasserait !

– Ne restons pas là, souffla Clara en éternuant. Tête d'obus va revenir d'une seconde à l'autre.

Bien sûr, elle ne pouvait pas savoir qu'Audrey était en train de la regarder, dissimulée derrière une voiture. Audrey, experte en tir à l'arc…

Sur le chemin, Romain, qui savait toujours tout sur tout, raconta que le cirque moderne avait vu le jour en 1770, à Londres, grâce à Philip Astley, un écuyer. Clara ne prêta aucune attention à ses propos. Elle était impatiente de rendre les toiles à Baudouin. Quant à Lucie, très contrariée par la tournure que prenaient les événements, elle avait prétexté une soudaine migraine pour rentrer chez elle.

— Les premiers cirques comprenaient surtout des numéros avec des chevaux, poursuivit Romain, qui s'était renseigné sur le sujet. Ensuite, dans la seconde moitié du vingtième siècle, d'autres numéros apparurent, tels que le trapèze volant, le domptage de fauves et…

Il se tut brusquement, regarda sa montre et se frappa le front.

— Que t'arrive-t-il ? lui demanda Clara.

— Il est plus de onze heures, répondit-il, paniqué.

— Et alors ?

— Ma mère m'attend depuis onze heures pour faire les courses au supermarché.

Romain disparut comme une fusée, en criant « À ce soir ! ». Clara tourna les talons et pressa le pas. Elle arrivait en vue du chapiteau du cirque Cormier. Cachée derrière un muret, Audrey ne la quittait pas des yeux. La championne de tir à l'arc préparait sa vengeance.

5

Clara attendit Kévin quelques instants, près du camion rouge. Lorsqu'il la rejoignit enfin, il était essoufflé et tendu. Mais la vue du sac de tissu vert contenant les toiles de son frère lui redonna le sourire.

– Merci beaucoup, Clara, dit-il. Sans ton aide, je n'y serais jamais arrivé… Où sont Lucie et Romain ?

– Ils ont dû rentrer chez eux, répondit-elle. Et le singe ?

– J'ai eu beaucoup de mal à le rattraper. En plus, il ne voulait pas rendre les coussins péteurs à Tête d'obus. Mais finalement tout s'est bien terminé.

Kévin s'essuya le front du revers du bras et fit signe à son amie de le suivre. Ils contournèrent le camion et s'approchèrent du lama, près duquel se trouvaient les deux remorques-cages. Belga, la panthère, demeura immobile. Mais dès qu'il vit Clara, le lion Titus huma l'air. Ses narines 32 frémirent. Il se leva d'un bond et se mit à grogner. Clara frissonna et sentit la main de Kévin dans la sienne. Elle en éprouva un vif réconfort.

Ils dépassèrent les fauves et s'arrêtèrent à moins d'un mètre de la caravane de Baudouin. Le frère jumeau de Kévin était assis à sa place habituelle, derrière une petite fenêtre bordée de rideaux blancs. Son visage, jusque-là impassible, s'illumina quand il vit le sac de tissu vert.

Kévin et Clara pénétrèrent dans la caravane. Une armoire de rangement se dressait près de l'entrée. Dans un angle, il y avait un lit et, à l'opposé, un cabinet de toilette. Au centre de la pièce, une table recouverte de tubes de peinture et de pinceaux. Non loin de là, une chaîne hi-fi et des C.D. empilés dans une caisse avec des livres. Fixées sur les cloisons de la caravane, des photographies représentaient les jumeaux dans le numéro de trapèze qu'ils effectuaient avant l'accident de Baudouin.

– Je te présente Clara, dit Kévin à son frère. C'est elle qui a retrouvé tes toiles, dans le magasin de farces et attrapes de l'oncle d'Audrey.

Baudouin avait fait pivoter son fauteuil

roulant et cherchait ses mots pour remercier Clara. Il était si ému que ses lèvres tremblaient. Ses yeux s'emplirent de larmes. Kévin lui tapota l'épaule. Clara, très émue elle aussi, lui tendit le sac de tissu. Il l'attrapa et murmura un « merci beaucoup » à peine audible. Puis il sortit les toiles une à une du sac et les posa sur la table. Clara découvrit alors qu'il s'agissait de miniatures, riches d'une multitude de détails d'une précision extraordinaire. Sur l'une d'elles, on voyait un château de la Renaissance, orné de blasons et de tourelles finement ciselées. Sur une autre toile un ensemble d'immeubles délabrés côtoyaient un terrain vague sur lequel jouaient des enfants. Toutes les peintures représentaient en fait les paysages que Baudouin avait vus de sa fenêtre au cours des différentes étapes où le cirque s'était arrêté.

– Tu es un grand artiste, lui dit Clara. J'ai rarement vu des toiles aussi jolies.

Le compliment lui alla droit au cœur et il afficha un large sourire. Mais son sourire se figea lorsqu'il sortit la dernière toile du sac : une main criminelle l'avait barbouillée de gros traits de peinture rouge et noire.

— Qui a fait ça ? s'écria Clara, choquée.

— Sans doute M. Miolet, dit Kévin. Quand il est remonté de son atelier, il portait une blouse tachée de peinture. C'est Audrey qui a dû lui demander d'agir ainsi.

— Pourquoi ? reprit Clara.

— Pour me faire du mal, soupira Baudouin. Elle est tellement jalouse de l'affection que me porte sa mère ! Audrey voudrait que je parte dans un institut pour personnes handicapées. Mais moi je ne veux pas me séparer de mon père, de mon frère et du cirque…

— Je ne comprends pas que la jalousie conduise quelqu'un à se comporter de cette façon, poursuivit Clara.

— As-tu déjà été jalouse ? lui demanda Kévin.

— Oui, mais pas à ce point-là, répliqua Clara, pas au point de faire le mal.

— Il m'arrive pourtant de comprendre Audrey, ajouta Baudouin dans un silence.

— Que veux-tu dire ? fit Clara, étonnée.

— Moi aussi, j'ai été jaloux, répondit-il après un court silence ; jaloux de toutes celles et de tous ceux qui peuvent se servir de leurs jambes. Je leur en ai voulu, j'ai souhaité qu'eux aussi soient paralysés, sur un fauteuil roulant… Si j'avais pu les faire tomber, les pousser dans un précipice… Maintenant c'est terminé. Je n'ai plus ces mauvaises pensées. La peinture m'a aidé à accepter mon sort.

Baudouin se tut, regarda la toile souillée par Tête d'obus et déclara qu'il allait la recommencer, de mémoire.

Peu après, Kévin et Clara sortirent de la caravane. Ils restèrent un temps sans parler. Puis Kévin toussota et dit :

— Ça t'intéresserait de me voir m'entraîner ?

— Oh oui ! fit Clara, folle de joie.

— Rendez-vous à quatorze heures, près du camion rouge. Je t'apprendrai à marcher sur un fil.

Clara s'éloigna et s'engagea dans la longue rue menant à sa maison. Pendant qu'elle marchait, une petite peur commença à lui serrer le ventre : elle se voyait mal en équilibre sur un fil tendu au-dessus du vide. Elle qui avait le vertige dès qu'elle grimpait sur une chaise… Mais Kévin serait sûrement déçu si elle ne montait pas le long de l'échelle de corde… Aurait-elle le courage d'accomplir cette prouesse ?

37

Qu'est-ce que Kévin veut apprendre à Clara ?

Soudain Clara entendit des pas dans son dos. Elle se retourna et ne vit personne. Alors la peur grandit en elle. Elle reprit malgré tout son chemin et entendit de nouveau des pas, quelques mètres plus loin. Elle pensa que Tête d'obus pouvait la suivre, dans le but de la punir d'avoir franchi le seuil de son atelier. Tête d'obus et sa fausse main en plastique qui l'avait tant effrayée…

Clara courut jusqu'à chez elle, où elle retrouva Baptiste, avachi sur le canapé du salon, en train de regarder des dessins animés à la télévision.

– Quand mangeons-nous ? s'écria-t-il en la voyant arriver. Je dois retourner au cirque pour m'occuper du lion et de la panthère !

Clara reprit son souffle avant de répondre, d'un ton sec :

– Prépare-toi un sandwich.

– D'accord, fit-il.

Il gagna la cuisine. Elle l'entendit ouvrir le réfrigérateur, le refermer, prendre du pain, le couper. Ensuite elle l'aperçut dans l'encadrement d'une porte.

– Je m'en vais ! annonça-t-il.

Baptiste tenait un morceau de pain garni d'une tranche de jambon et d'une tomate.

— Je voulais te dire un truc, ajouta-t-il en s'apprêtant à mordre dans son sandwich : ton copain Kévin est sympa, très sympa.

Là-dessus il disparut, laissant Clara seule avec sa peur de voir surgir Tête d'obus.

À son tour, elle s'assit sur le canapé du salon après avoir éteint la télévision dont le son l'énervait. Mais le silence qui suivit l'énerva tout autant. Elle se leva d'un bond, marcha de long en large, crut soudain apercevoir une ombre passer à travers une fenêtre laissée grande ouverte par Baptiste. Elle se cacha derrière un fauteuil et tendit l'oreille. Se pouvait-il vraiment que le marchand de farces et attrapes lui en veuille au point de venir l'attaquer chez elle ? Clara se redressa lentement et jeta un regard par-dessus le fauteuil. Un sifflement strident lui vrilla les tympans et quelque chose d'étrange passa dans ses cheveux. Elle pensa tout d'abord qu'une bête l'avait frôlée. Mais quand elle se retourna et vit une flèche plantée dans l'un des murs du salon, elle sut qu'Audrey était à ses trousses.

Une nouvelle flèche la manqua de peu. Clara, paniquée, se coucha par terre.

— Tu ne m'échapperas pas ! lança Audrey,

debout sur le rebord de la fenêtre.

La jeune fille blonde arma son arc. Clara, en catastrophe, se cacha derrière un meuble, qui fut bientôt atteint par une troisième flèche. Clara n'eut d'autres choix que de foncer vers l'escalier, situé au fond de la pièce. Elle se réfugia dans sa chambre, dont elle ferma la porte à clé. Elle tremblait de tous ses membres.

– C'était juste un avertissement ! cria Audrey. La prochaine fois, je ne te raterai pas !

Qu'est-ce qui a frôlé les cheveux de Clara ?

6

Pour se rendre au rendez-vous fixé par Kévin, Clara se mêla à un groupe de personnes âgées qui passaient dans la rue. Elle pensa que de cette façon, Audrey n'oserait pas la prendre pour cible. La championne de tir à l'arc l'avait tellement terrorisée qu'elle entendait sans cesse sa voix menaçante.

Elle arriva bientôt près du camion rouge. Kévin venait de sortir d'une caravane et s'approcha d'elle.

– Tu es pile à l'heure, lui dit-il. Mais… tu es très pâle. Es-tu malade ?

Clara, au bord des larmes, lui raconta l'épreuve qu'elle avait traversée. Son ami, bouleversé, posa une main sur son épaule et promit de la protéger jusqu'au départ du cirque. En attendant, il parlerait à son père et Audrey serait punie.

– Quand le cirque s'en va-t-il ? demanda Clara.

– Ce soir, répondit Kévin, après le spectacle. Une fois la grande parade finie, nous démonterons le chapiteau. Puis nous roulerons vers la prochaine étape, à cent kilomètres d'ici. Alors, tu n'auras plus rien à craindre d'Audrey.

Il sourit et Clara se sentit mieux. La présence de son ami la rassurait.

Quelques minutes plus tard, elle était confortablement installée sur les gradins du cirque désert et elle regardait le jeune funambule se déplacer sur son fil. À nouveau, elle rêva qu'elle marchait avec lui dans les airs. Cela semblait si facile… Mais Clara savait bien que pour évoluer sur un fil tendu au-dessus du vide, il fallait s'entraîner pendant de longues heures. Elle savait également que tous les artistes travaillant dans un cirque, qu'ils soient jongleurs, acrobates, écuyers ou dompteurs de fauves, s'entraînaient régulièrement. Un jour, elle avait vu un reportage à la télévision sur ce sujet : elle avait appris qu'il existe des écoles spécialisées, destinées à accueillir les jeunes qui souhaitent faire carrière sous un chapiteau.

Clara fronça les sourcils. Kévin s'était immobilisé dans les airs et paraissait très concentré. Il commença à sautiller sur son fil et effectua soudain un saut périlleux. Clara, impressionnée, se leva pour l'applaudir. Il la salua, manqua de perdre l'équilibre et parvint à le retrouver en agitant les bras.

– Descends de là-haut tout de suite ! cria Clara. J'ai trop peur !

Il descendit le long d'une corde à une vitesse phénoménale et la rejoignit sur les gradins. Elle le félicita, mais lui reprocha de prendre des risques excessifs.

39

– À toi de jouer maintenant ! lui dit-il, en désignant la piste.

– Certainement pas ! répliqua-t-elle. Je ne monterai jamais sur ton fil ! J'ai le vertige.

– Parce que tu regardes en bas, reprit Kévin, avec sérieux. Quand on est en hauteur, il faut toujours avoir le regard fixé droit devant soi.

Clara ne voulut rien entendre. Son ami, jugeant qu'elle avait déjà connu beaucoup d'émotions fortes dans la journée, renonça à lui enseigner son art.

Ils quittèrent le chapiteau et partirent marcher à travers la ville. Chemin faisant, Kévin se demanda s'il n'y aurait pas un moyen de retenir

Clara auprès de lui. Il appréciait tellement sa présence… Elle pourrait apprendre à jongler tout en suivant des cours par correspondance… Mais qu'en diraient ses parents ? Perdu dans ses pensées, Kévin ne vit pas une grosse boîte aux lettres et la percuta.

— Quand on marche dans la rue, lui dit Clara avec sérieux, il ne faut pas regarder dans les nuages, mais droit devant soi.

Ils éclatèrent de rire et s'engagèrent dans un square, d'ordinaire fréquenté par des enfants de moins de dix ans. Il y avait là un tourniquet, une cage à poules, des balançoires et un carré de sable. Clara s'assit sur une balançoire et Kévin sur une autre. C'était une belle journée d'été. Ils se mirent à discuter.

— Ta vie est formidable, commença Clara : tu ne vas pas au collège, tu changes d'endroit tout le temps…

— Il y a du bon et du mauvais, dit Kévin, songeur. Le bon, c'est que j'aime le cirque. Le mauvais, c'est que je n'ai pas d'amis. Je suis un étranger partout. Dès que j'entre dans un magasin, on se méfie de moi parce qu'on ne me connaît pas. Souvent on me prend pour un voleur. Pourtant je n'ai jamais rien volé.

– Je le sais, fit Clara, consciente des difficultés rencontrées par ceux qu'on appelle les gens du voyage.

Ils parlèrent ainsi pendant une bonne heure. Jamais Clara ne s'était sentie aussi à l'aise avec un garçon. Ah, si Kévin pouvait s'arrêter définitivement dans sa ville et s'inscrire dans sa classe !

À un moment, ils virent passer devant le square la mère d'Audrey, poussant le fauteuil roulant de Baudouin.

– Tous les après-midi, dit Kévin, ma belle-mère emmène mon frère se promener. Elle est aussi très gentille avec moi. Nous avons eu beaucoup de chance de la rencontrer. S'il n'y avait pas Audrey…

Clara se rappela les paroles menaçantes de la jeune fille blonde : « C'était juste un avertissement ! La prochaine fois je ne te raterai pas ! ».

De retour chez elle, Clara entreprit de ranger sa chambre. Kévin l'avait raccompagnée et lui avait conseillé de verrouiller les portes de sa maison, en cas d'attaque surprise d'Audrey.

*Qui Clara et Kévin ont-ils vu passer
devant le square ?*

Pour se détendre, Clara voulut écouter un CD de sa chanteuse préférée. Mais après cinq minutes de recherches, elle dut renoncer à le trouver dans le fouillis de ses affaires.

Elle se laissa tomber sur son lit, accablée par l'ampleur de la tâche qui l'attendait. Pourquoi n'existait-il pas une fée qui, d'un coup de baguette magique, se chargerait de ranger sa chambre ? Clara se rappela le temps où elle croyait aux fées : à cette époque, elle avait imaginé qu'une bande de fées vivait cachée derrière les nuages et qu'il suffisait de prononcer un mot magique pour obtenir leur aide. Souvent, le soir, avant de s'endormir, elle avait cherché le mot magique : « Abzokilac... Dédo-folabitou... Minijerfoui... Kirvaswimaripson... ». Mais elle ne l'avait jamais trouvé et, pour finir, elle avait renoncé à croire aux fées. Clara se releva, ramassa un tee-shirt et le posa sur son bureau, déjà fort encombré.

Ensuite, elle attrapa sa dernière photographie de classe sur une étagère. Elle la regarda et se vit assise au premier rang, à côté de Lucie. Ce jour-là, par un malheureux hasard, elles portaient la même robe verte. Depuis, elles n'avaient plus

jamais porté cette robe au collège. Lucie…
Clara l'aimait bien, même si elles se jalousaient
parfois, pour des bêtises.

Au second rang, sur la photographie, se
tenaient le Dico et Julien. Ah ! Julien, le plus
beau garçon de sa classe. L'espace d'un court
instant, Clara imagina que Kévin se trouvait près
d'eux. Puis elle pensa que ce soir son nouvel ami
partirait dans une autre ville. Elle ne le reverrait
plus. N'y avait-il pas un moyen de le retenir ?

7

Peu avant le début du spectacle, Clara entra dans le couloir conduisant aux gradins et vit Kévin qui contrôlait les billets. Elle marcha vite à sa rencontre.

— Bonsoir, lui dit-il. Audrey est-elle revenue chez toi ?

— Non, répondit Clara.

— Tant mieux. Rejoins-moi à l'entracte, près de la cage du lion. Nous nous dirons adieu. Après la grande parade, je n'aurai pas le temps de te voir. Je dois aider mon père à démonter le chapiteau.

Clara acquiesça. Des gens la bousculèrent. 40 Kévin reprit :

— Entre, maintenant. Tes amis t'attendent.

— À tout à l'heure, fit-elle.

Elle pénétra sous le chapiteau, chercha Romain des yeux, le vit assis à côté de Lucie, en bordure de la piste. Elle alla s'installer entre eux.

— Salut, lui dit Lucie. Tu as l'air fatiguée…

— J'ai rangé ma chambre avant de venir ici, soupira Clara : un travail titanesque. Et ta migraine ?

— Envolée ! répondit Lucie. Kévin nous a appris que son frère avait récupéré ses toiles et que la championne de tir à l'arc t'avait prise pour cible.

Clara s'apprêtait à raconter ses mésaventures lorsqu'elle reçut une série de petits coups de pied dans le dos. Elle se retourna, furieuse, et vit que la personne assise derrière elle n'était autre que Tête d'obus, qui lui tira la langue. Il tenait un gobelet en plastique rempli de café chaud.

— Il n'arrête pas de nous embêter, murmura Romain.

À cet instant, Edmond Cormier se planta au centre de la piste et le silence se fit sous le grand chapiteau. Puis le propriétaire du cirque parla de son bonheur de se retrouver dans cette ville. Clara l'écouta d'une oreille distraite car l'oncle d'Audrey venait de poser son gobelet près de ses pieds, en attendant que le café refroidisse. Elle sortit d'une des poches de son pantalon le sachet de faux sucre en poudre contenant du somnifère. Elle l'ouvrit discrètement et le conserva dans le creux de sa main.

À son tour, Kévin entra sur la piste dans son justaucorps bleu et jaune. M. Miolet leva le menton pour le regarder gravir les degrés de l'échelle de corde. Clara profita de l'occasion pour introduire le somnifère dans son café, sans qu'il s'en rende compte.

Tête d'obus avala sa boisson à petites gorgées. Kévin évoluait sur son trapèze, avec grâce et aisance. Son numéro terminé, le jeune artiste regagna la terre ferme, sous un tonnerre d'applaudissements.

Un magicien lui succéda, déguisé en fakir. Clara jeta un œil derrière elle : le marchand de farces et attrapes bâillait à s'en décrocher la mâchoire. Il finit par s'endormir sur l'épaule de sa voisine, qui n'osa pas le repousser. Le somnifère avait fait son effet.

— Tête d'obus ne nous embêtera plus, dit Clara à ses amis.

Ils se retournèrent, écarquillèrent les yeux et sourirent.

— Comment as-tu fait pour qu'il dorme ? demanda Lucie, ébahie.

— Je t'expliquerai, murmura Clara.

42

Un clown remplaça bientôt le magicien sur la piste. Il portait un long manteau brun d'où il extirpa une poire envoyant de l'eau, une trompette, des serpentins et un klaxon. Soudain son numéro fut perturbé par un ronflement. Le clown tendit l'oreille. Le ronflement redoubla d'intensité, en provenance de la gorge de Tête d'obus.

– Oh la la ! fit le clown. Que se passe-t-il ? Un orage ? Un tremblement de terre ?

Le public éclata de rire. Un spot lumineux se fixa sur M. Miolet. Ce dernier continuait de ronfler comme si de rien n'était. Alors le clown quitta la piste pour le rejoindre et le regarda dormir pendant une longue minute, en grimaçant. Puis il envoya un jet d'eau sur le visage de Tête d'obus, mais cela fut sans effet. La trompette, à son tour, se révéla inefficace. Le klaxon, en revanche, actionné avec force, réveilla l'oncle d'Audrey. Celui-ci se leva d'un bond et regarda autour de lui, l'air hébété.

Clara lui tira la langue avant que deux employés du cirque l'emmènent dans les coulisses, sous les rires de l'assistance.

Le spectacle reprit son cours. Et comme les

numéros se succédaient, Clara pensa que l'heure de son dernier rendez-vous avec Kévin approchait. Elle eût aimé arrêter le temps, pour ne pas avoir à se séparer de son ami.

Au début de l'entracte, Romain et Lucie retrouvèrent leurs parents qui étaient assis non loin d'eux. Clara sortit du cirque et se dirigea vers la cage du lion.

Dès qu'il la vit, Titus se dressa sur ses pattes et huma l'air en grognant. Ses narines frémirent. Clara lui tourna le dos et aperçut une silhouette entre deux caravanes.

– Kévin ? dit-elle en avançant d'un pas.

Tout près d'elle, le lion s'agitait.

– Kévin ? répéta-t-elle.

Deux mains se posèrent sur ses épaules. Elle se retourna. Audrey était devant la cage du fauve, l'air menaçant.

– Je t'avais prévenue que je te retrouverai, fit-elle. Maintenant je te tiens…

À cet instant, le lion rugit et se dressa dans sa cage. Il réussit à passer sa patte droite entre les barreaux et ses griffes se plantèrent dans la veste d'Audrey qui se retrouva coincée contre la cage.

*Qui va se retrouver coincé
contre la cage du lion ?*

Pourtant, c'était la veste rouge de Clara que le fauve semblait vouloir attraper…

Paralysée par la frayeur, Clara ne quittait pas des yeux Audrey qui était pâle comme un linge. Plaquée contre la cage par le fauve, l'experte en tir à l'arc paraissait lui demander de l'aide. Mais que pouvait-elle faire pour la sauver des griffes du lion ? Tout à coup, Clara se souvint que Tête d'obus avait vaporisé sur sa veste un parfum fabriqué à partir de plantes de la brousse. Ce parfum rappelait sûrement à Titus son Afrique natale. Voilà pourquoi il était hors de lui !

Alors Clara ôta sa veste rouge et la jeta dans la cage. Aussitôt le lion lâcha Audrey et se mit à déchiqueter la veste. Puis un coup de feu claqua. Le roi des animaux secoua sa crinière et tourna sur lui-même avant de s'écrouler. Clara, à bout de nerfs, sentit ses jambes se dérober sous elle et perdit connaissance.

8

Clara entrouvrit les paupières et vit un plafond blanc comme la neige. Elle se frotta les yeux, voulut se redresser.

— Je suis là, ma chérie, murmura une voix douce.

C'était la voix de sa mère, qui se pencha vers elle et lui sourit.

— Tu n'as rien de grave, poursuivit Mme Loiseau en l'aidant à s'asseoir contre un gros oreiller.

Clara se trouvait sur un lit d'hôpital, dans une chambre inondée de soleil. Une nuit était passée depuis son évanouissement. Un médecin l'avait auscultée et lui avait donné un calmant pour qu'elle dorme.

Clara but le verre d'eau que sa mère lui tendait. Elle avait envie de parler mais elle n'émit qu'un faible son.

— Du calme, fit Mme Loiseau. Tu dois reprendre des forces.

– J'ai dormi combien de temps ? parvint à dire Clara.

– Une nuit entière, répondit sa mère. Nous sommes dimanche matin.

Dimanche matin… Le cirque était parti. Clara n'avait pas pu dire au revoir à Kévin. Sa gorge se noua.

– Ça ne va pas, ma chérie ? lui demanda sa mère.

– Tout va bien, soupira Clara, les lèvres pincées.

Baptiste entra dans sa chambre, heureux de la voir réveillée. Il avait eu si peur pour elle.

– Tu m'as vue près de la cage ? lui dit Clara.

– Bien sûr ! s'écria-t-il. Il y avait aussi Kévin et son père. Tu as été très courageuse ! Grâce à toi, le lion a lâché Audrey.

– C'est à cause du parfum sur ma veste…

– Kévin nous a tout expliqué.

Clara se rappela avoir entendu un coup de feu juste avant de perdre connaissance. Elle pensa que le lion était mort. Mais son frère lui apprit que, en réalité, le fauve avait reçu une piqûre anesthésiante. À présent, Titus était réveillé, et il se portait à merveille.

44

À qui Clara a-t-elle surtout pensé
dans sa chambre d'hôpital ?

– Et Audrey ? dit Clara.

– Tout s'est bien terminé pour elle, répondit Baptiste. Elle a eu plus de peur que de mal.

À nouveau, Clara songea que le cirque devait être loin, maintenant. Elle n'avait même pas eu le temps de donner son adresse à Kévin. Ils ne pourraient jamais s'écrire.

M. Loiseau entra dans la chambre, accompagné par un médecin. Il félicita sa fille pour le courage dont elle avait fait preuve et il l'embrassa sur le front avec tendresse. Puis le médecin examina Clara et annonça qu'il l'autorisait à sortir de l'hôpital. Elle se leva et commença à marcher, soutenue par sa mère. Au bout de deux minutes, elle n'eut plus besoin de personne pour se déplacer.

Tout le monde quitta la pièce pour la laisser s'habiller. Dans le couloir, elle eut la surprise de voir Lucie et Romain qui l'attendaient sur un banc. Ils se précipitèrent vers elle.

– Je suis fière d'être ton amie, lui murmura Lucie dans le creux de l'oreille.

– Et moi je suis très content de te voir en pleine forme, dit Romain en la serrant dans ses bras.

Clara les embrassa et les remercia d'être venus à l'hôpital. Cependant, quelques instants plus tard, la tristesse de ne plus revoir Kévin reprit le dessus dans ses pensées. Elle était assise dans la voiture de son père, à côté de Baptiste.

— Au fait, lui dit sa mère : un grand bravo pour ta chambre. Je ne l'ai jamais vue aussi bien rangée.

— Merci, dit Clara.

— Moi je vais bientôt ranger la mienne, promit Baptiste.

— Bientôt quand ? fit Mme Loiseau.

— Bientôt, répondit-il. Bientôt…

La voiture dépassa la piscine municipale, s'engagea dans la longue rue menant à la maison des Loiseau et s'arrêta soudain. Clara se retourna et vit alors, à travers sa vitre, les caravanes du cirque Cormier.

— Je crois que tu peux descendre, lui dit sa mère dans un sourire.

Clara resta un instant immobile, abasourdie. Puis elle quitta la voiture en tremblant d'émotion et s'approcha du lama. Tous les membres du cirque, debout devant les caravanes, se mirent à l'applaudir. Elle trembla de plus belle et sa vue se brouilla de larmes.

Une main se posa sur son épaule. Elle se frotta les yeux pour distinguer le visage qui lui faisait face et reconnut la jeune fille blonde.

– Merci de m'avoir sauvée, lui dit Audrey, très émue. Sans toi le lion m'aurait blessée. Je ne t'oublierai jamais.

Elles s'embrassèrent. Audrey ajouta :

– Tu sais, Clara, je me suis demandé ce que je pourrais faire pour te remercier, et j'ai trouvé : j'ai décidé de faire une place à Baudouin dans mon cœur. Désormais, c'est moi qui le promènerai tous les après-midi.

– Oui, mais doucement dans les descentes, dit Baudouin qui arrivait sur sa chaise roulante.

Clara lui sourit. Il lui tendit une petite toile. Elle la prit et se vit représentée suspendue à un trapèze, tenue à bout de bras par Kévin.

– Je l'ai faite pendant la nuit, précisa Baudouin. Mais, attention, elle n'est pas encore vraiment sèche…

Clara, folle de joie, l'embrassa. Au moment où elle se redressait, elle aperçut Kévin près du camion rouge. Il lui fit signe de la rejoindre. Elle courut vite vers lui.

Elle s'arrêta soudain et poussa un cri d'effroi.

Un énorme serpent venait d'atterrir devant ses pieds. Elle recula, sentit une présence dans son dos et se retourna.

— Bonjour, lui dit Tête d'obus. C'est toi la courageuse qui as peur d'un serpent en plastique !

Kévin était prêt à bondir afin de défendre son amie. M. Miolet reprit, à l'adresse de Clara :

— À cause de toi, j'ai été ridicule au cirque. Tu vas me le payer, sale gamine…

Le marchand de farces et attrapes voulut frapper Clara, mais il n'en eut pas le temps. Deux policiers arrivaient en courant et se précipitèrent sur lui.

— Que me voulez-vous ? fit Tête d'obus.

— Nous vous arrêtons, lui répondit l'un des policiers. Car nous avons appris que vous vendiez des somnifères à des enfants.

— Mais c'est pour rire ! protesta M. Miolet.

— On ne plaisante pas avec des drogues dangereuses pour la santé, répliqua le policier.

Tête d'obus fut emmené dans une voiture grise qui disparut bientôt. Kévin et Clara se retrouvèrent enfin seuls derrière le camion rouge.

— Nous revenons l'année prochaine dans ta ville, annonça Kévin.

– Génial ! s'écria Clara. Je vais te donner mon adresse, comme ça tu m'enverras des cartes postales.

Elle fouilla dans ses poches, en sortit un morceau de papier et un stylo dont elle enleva le capuchon. Ensuite elle commença à écrire son adresse. Mais cinq secondes plus tard, le stylo devint tout mou. Impossible d'écrire avec. C'était le stylo dégonflable acheté chez Tête d'obus !

Clara et Kévin se regardèrent, puis ils éclatèrent de rire.

1
une **quincaillerie**
Magasin où l'on vend
des outils et toutes sortes
de choses pour
le bricolage.

2
des **protestations
d'innocence**
Cris pour dire haut
et fort que l'on n'a rien
fait de mal.

3
pétrifié
Immobile, comme
changé en pierre.

4
un **lama**
Animal de la famille
du chameau,
plus petit,
et qui vit
en Amérique
du Sud.

5
une **remorque-cage**
Véhicule sans moteur
sur lequel sont fixées
des cages, et qui est tiré
par un camion.

6
impassible
Indifférent, qui n'éprouve
pas de sentiments
ou ne les montre pas.

7
inexpressif
Qui n'exprime pas
d'émotions.

8
une **furie**
Personne très énervée,
qui se laisse aller
à sa colère.

9
un **funambule**
Personne qui marche
sur un fil tendu
au-dessus du vide.

10
un **animal exotique**
Animal qui vient d'un
pays lointain et chaud.

11
une association
caritative
Ensemble de personnes
qui se regroupent pour
secourir des gens qui
ont besoin d'aide.

12
être **solidaire**
Être prêt à aider
les autres.

13
se **rembrunir**
Être contrarié.

14
lui **rendre la monnaie
de sa pièce**
Se conduire avec
quelqu'un comme il s'est
conduit avec nous.

15
un **brouhaha**
Bruit que fait une foule.

16
un **justaucorps**
Vêtement d'une seule
pièce qui colle au corps,
utilisé pour la danse ou
la gymnastique.

17
un **roseau**
Plante à longue tige
qui pousse dans l'eau.

18
périlleux
Dangereux.

19
la **bâche** du chapiteau
Toile épaisse, solide et
imperméable qui forme
le chapiteau.

20
être **subjugué**
Être dominé, ne pas
pouvoir résister.

21
dissiper
Faire disparaître.

22
tapi
Caché.

23
un gaz **hilarant**
Gaz qui donne envie de
rire quand on le respire.

24
se surpasser
Faire mieux que ce
qu'on a l'habitude
de faire.

25
des **coussins péteurs**
Des coussins qui font
un bruit sec quand
on s'assoit dessus.

26
être **aux aguets**
Guetter, être sur
ses gardes.

27
la **brousse africaine**
Partie de l'Afrique où
vivent les animaux
sauvages comme le lion,
le zèbre, l'éléphant.

28
un **somnifère**
Médicament qui fait
dormir.

29
les **badauds**
Gens qui se promènent
pour regarder ce qui se
passe dans la rue.

30
un **molosse**
Gros chien de garde.

31
un **trophée**
Objet que l'on donne
au vainqueur
d'une compétition.

32
humer l'air
Aspirer l'air pour
le sentir.

33
une **miniature**
Peinture de petite taille.

34
un château
de la **Renaissance**
Château construit
pendant la période
des 15ᵉ et 16ᵉ siècles.

35
un **blason**
Marques et emblèmes
d'une famille noble.

36
délabré
En très mauvais état.

37
une **prouesse**
Exploit, acte de courage.

38
vriller les tympans
Faire mal aux oreilles.

39
excessif
Trop grand, trop
important.

40
acquiescer
Donner son accord.

41
un travail **titanesque**
Travail gigantesque
et très difficile.

42
ébahi
Très étonné.

43
l'air **hébété**
L'air un peu idiot.

44
une piqûre
anesthésiante
Piqûre avec
un produit qui fait
dormir.

Les aventures du rat vert

Les aventures de Mamie Ratus

Ralette, drôle de chipie

Les histoires de toujours

Super-Mamie et la forêt interdite

L'école de Mme Bégonia

La classe de 6e

Achille, le robot de l'espace

Conception graphique couverture : Pouty Design
Conception graphique intérieur : Jean Yves Grall • mise en page : Atelier JMH

Imprimé en France par Pollina, 84500 Luçon - n° L92462
Dépôt légal n° 42465 - février 2004